引言

Ms Clara (Ra Ra 老師)

　　有機音樂教室創辦人，致力推廣「快樂。自由。慢學」音樂學習，用心編寫多首廣東話兒歌並結集成書。

　　此書以大自然為創作背景，透過一隻小松鼠探索世界，從大自然歷險中，聆聽有活力有生命的音樂，藉以喚醒和潤澤小孩子的身心靈。

　　創作此書的另一重要使命，希望傳承廣東話兒歌文化，使小孩子從母語中，體驗琅琅上口的歌謠，用優美的樂曲伴隨他們快樂成長。

小松鼠

音樂歷險記

Ms Clara (Ra Ra 老師) 編著
Max Tang 插畫

紅橙黃綠青藍紫，
彎彎彩虹在天邊，
紅橙黃綠青藍紫，
彎彎彩虹開心笑。

肥豬豬羊咩咩小公雞，
肥牛牛馬馬一起曬太陽，
在農場草地轉個圈，
開心歡笑繃繃跳。

魚仔游水，魚仔游水，
游到河邊去，
看見青蛙你好嗎？
一起游水好唔好呀！

青蛙叫，呱呱呱呱叫！
打開咀巴哈哈笑，
跳到嗰邊跳到呢邊，
食塊蚊蚊餅餅好飽了，
大肚 tum 了！

春天春天花開啦，
小小花花你響邊呀？
白色黃色橙色粉紅色，
開滿花花好靚呀！

小兔兔跳跳在這邊，
小兔兔跳跳到那邊，
看看草原多美妙，
小花小草飄呀飄，
小花小草開心笑。

15

毛毛蟲，往上爬，
爬上花花織個蛹，
毛毛蟲，變蝴蝶，
飛上花花採花了。

17

蘑菇蘑菇長高了，
有幾多蘑菇等我數下先？
do re mi fa so la ti do'，
八粒小蘑菇好得意。

甲蟲草蜢小昆蟲，
蜜蜂蝴蝶嗡嗡嗡，
齊齊飛往花園遊樂，
看看花花草草種。

農夫在春天齊耕種，
散播小種子在草原中，
一天又一天長芽了，
看看這大樹和小鳥，
開開心心吱吱吱吱叫。

23

小松鼠音樂歷險記

作　　　者：	Ms Clara (Ra Ra 老師)
編　　　輯：	Annie
封 面 設 計：	Max Tang
插　　　畫	Max Tang
排　　　版：	Leona
出　　　版：	博學出版社
地　　　址：	香港香港中環德輔道中 107-111 號 余崇本行 12 樓 1203 室
出 版 直 線：	(852) 8114 3294
電　　　話：	(852) 8114 3292
傳　　　真：	(852) 3012 1586
網　　　址：	www.globalcpc.com
電　　　郵：	info@globalcpc.com
網 上 書 店：	http://www.hkonline2000.com
發　　　行：	聯合書刊物流有限公司
印　　　刷：	博學國際
國 際 書 號：	978-988-74229-3-8
出 版 日 期：	2020 年 4 月
定　　　價：	港幣 $128

Published and Printed in Hong Kong
如有釘裝錯漏問題，請與出版社聯絡更換。

f facebook.com/globalcpc